CANTIQUE
ET LITANIES
DE
SAINTE SOLANGE,
VIERGE ET MARTYRE,
Patronne du Berry.

A BOURGES,
De l'Imprimerie de MANCERON, près
les quatre Pilliers.

Cantique litanies De sainte
Solange vierge et Martire
Patronne Du Berry

SAINTE SOLANGE
priez pour nous.

CANTIQUE

EN L'HONNEUR

DE S.TE SOLANGE,

Sur l'Air: O Filii et Filiæ.

FESTA venerunt annua
Quibus Virgo p[illegible] clyta
Honoratur Solangia,
Alleluia, alleluia,
Alleluia, alleluia.

O Biturici, plaudite,
Vitam ejus addiscite,
Mores ejus exprimite, Alleluia.

Sur l'air: *afin d'être docile et sage.*

EN ce jour, ô sainte Solange,
Que lon célébre vos grandeurs,
Puisse ce tribut de louange
Attirer sur nous vos faveurs.
Pour vous accourez à son Temple,
Peuples fortunés du Berry,
Si vous imitez son exemple,
Vous serez son peuple chéri.

Nata in Villemontio,	Villemont, trop heureux Village,
Infrendente diabolo,	Malgré les efforts du Démon,
Nomen habens ab Angelo,	Tu produis cette Vierge sage,
Alleluia.	Qui d'un Ange eût bientôt le nom.
Septenis verſans animo,	Dès sa jeunesse la plus tendre,
Qui sit devota Domino,	Voulant sur-tout plaire au Seigneur,
Nuncupavit vota Deo, Alleluia.	Elle s'empressa de lui rendre
	Le vif hommage de son cœur.
Ipsâ stante, stabant aves,	Oiseaux, vents, tempêtes, orages,
Nec lædebant terræ fruges,	Fuyez; non, de votre couroux
Ipsos fugabat turbines, Alleluia.	Nous ne craignons pas les dommages,
	Solange nous protege tous,
Illi novum præit sidus,	Quel nouveau rayon de lumière
Quò tutis eat passibus,	La précéde et conduit ses pas ?

Ipsa fulget virtutibus, Alleluia.	Vertus, vous-même en sa carrière L'éclairâtes j'usqu'au trépas.
Praecum laedit formae decor, Blanditur profanus amor Quem fugat virtutis honor, Alleluia.	C'est en vain qu'un amour peu sage Veut de ses feux brûler son cœur, Solange oppose avec courage Le bouclier de son honneur.
Spretus amor fremit irâ, Neque cedit Solangia, Fit castitatis victima, Alleluia.	Cet amour frémit de colère, De se voir ainsi rejetté, Il s'arme de son cimeterre, Et le coup est déja porté.
Truncato licet capite, Ter Jesum inclamat voce, Caput manu portans piâ, Alleluia.	Dès que la tête respectable. En tombant prononce Jésus, Sa main dévote et vénérable La présente au Dieu des vertus.

Ubi sacre reliquiæ *Martini à Templo conditæ,* *Multi opem deposcere, Alleluia.*	Solange, vos précieux restes Au temple du grand S. Martin Reçoivent des honneurs célestes : Est-il un plus heureux destin ?
Claudi currunt, vident, cœci, *Morbi pelluntur noxii,* *Gaudentes plaudunt Angeli,* *Alleluia.*	L'aveugle reçoit la lumière, Le Boîteux marche sans soutien ; Tous d'une guérison entière Reçoivent le précieux bien.
Mox è sepulchro fit ara, *Corpus servatur capsulâ,* *Patrona fit primaria,* *Alleluia.*	Son sépulchre en autel se change, Où l'on dispense des faveurs, De son temple à sainte Solange, Saint Martin cède les honneurs.
Ob sacras, Virgo laureas *Ob servatas reliquias,*	Solange, nous vous rendons graces De vouloir écouter nos vœux,

Deo dicamus gratias, Alleluia.	Puissions-nous marcher sur vos traces, Et vous voir un jour dans les Cieux.

Dans le Champ.

In agri tui semitâ, Dùm pangimus voce piâ, Nobis adsit Solangia, Alleluia.	Répandez sur nous vos lumières Dans un champ toujours précieux, Solange, écoutez nos prières, Solange, rendez-nous heureux.

℣. *Veniebat cum ovibus patris sui.*
℟. *Nam gregem ipsa pascebat.*

OREMUS.

EFfunde quæsumus Domine, beatâ Solangiâ intercedente, benedictionem tuam super nos et super omnes fructus terræ, ut hi collecti ad laudem et gloriam nominis tui misericorditer dispensentur. Per Christum Dominun nostrum.

LITANIES

DE SAINTE SOLANGE,

VIERGE ET MARTYRE

Patronne du Berry.

KYrie, eleyson.
Christe, eleyson.
Kyrie, eleyson.
Christe, audi nos.
Chrite, exaudi nos.
Pater de cœlis Deus, misere nobis.
Fili Redemptor mundi Deus, miserere nobis.
Spiritus Sancte, Deus, miserere nobis.
Sancta trinitas, unus Deus, miserere nobis.
Sancta Maria, ora pro nobis.
Sancta Dei Genitrix, ora pro nobis.
Sancta Virgo Virginum, ora pro nobis.
Sancta Solangia, ora pro
Sancta Solangia, à teneris Deo dilecta, ora pro nobis.

SEigneur, ayez pitié de no
J. C. ayez pitié de nou
Seigneur, ayez pitié de nou
Jésus-Christ, écoutez-nou
Jésus-Christ, exaucez-nou
Père céleste, qui êtes Die ayez pitié de nous.
Fils Rédempteur du mond qui êtes Dieu, ayez piti
Esprit saint, qui êtes Die ayez pitié de nous.
Sainte Trinité, qui êtes u seul Dieu en 3 personne ayez pitié de nous.
Sainte Marie, priez pour nou
Sainte Marie, Mère de Die priez pour nous.
Sainte Marie, Vierge de Vierges, priez pour nou
Sainte Solange priez.
Sainte Solange, tendremen aimée du Seigneur, prie pour nous.

Sancta Solangia, sacræ Dei paræ charissima, ora pro nobis.	Sainte Solange, chérie de la Mère de Dieu, priez pour nous.
Sancta Solangia, puritatis et castitatis amans, ora pro nobis.	Sainte Solange, zelée pour la pureté et pour la chasteté, priez pour nous.
Sancta Solangia, mente et corpore Virgo, ora pro nobis.	Sainte Solange, Vierge de corps et d'esprit, priez pour nous.
Sancta Solangia, in labore assidua, ora pro nobis.	Sainte Solange, toujours appliquée au travail, priez pour nous.
Sancta Solangia, passioni Christi devotissimæ, ora pro nobis.	Sainte Solange, très-dévote à la Passion de Jésus-Christ; priez pour nous.
Sancta Solangia, pulchritudinis animæ quàm corporis amantior, ora.	Sainte Solange plus jalouse de la beauté de votre ame que de celle de votre corps.
Sancta Solangia, blandientis fortunæ contemptrix generosa, ora.	Sainte Solange qui avez généreusement méprisé les attraits de la fortune, priez.
Sancta Solangia, castitatis et nobilis victima, ora pro nobis.	Sainte Solange, victime glorieuse de la chasteté, priez pour nous.
Sancta Solangia, martirii palmâ decorata, ora.	Sainte Solange, couronnée de la palme du martyre, priez.
Sancta Solangia, via peregrinorum, ora.	Sainte Solange, qui conduisez les pélerins, priez.
Sancta Solangia, sanitas languentium, ora.	Sainte Solange, qui rendez la santé aux malades, priez.
Sancta Solangia, lumen cœcorum, ora.	Sainte Solange, qui éclairez les aveugles, priez.
Sancta Solangia, auris surdorum, ora.	Sainte Solange, qui donnez l'ouie aux sourds, priez.
Sancta Solangia, lingua mutorum, ora.	Sainte Solange, qui déliez la langue des muets, priez.
Sancta Solangia, copia segetum, ora.	Sainte Solange, qui procurez l'abond. dans nos moissons.
Sancta Solangia, siccicitatis ardentis remedium, ora pro nobis.	Sainte Solange, qui nous délivrez du fléau de la sécheresse, priez pour nous.

Sancta Solangia, sedatrix tempestatum, ora pro nobis.

Sainte Solange, qui appaisez les tempêtes, priez pour nous.

Sancta Solangia, salus in periculis, ora pro nobis.

Sainte Solange qui sécourez ceux qui s'adressent à vous dans le danger, priez.

Sancta Solangia, auxiliatrix ad te clamantium peccatorum, ora.

Sainte Solange, qui intercédez pour les plus grands pécheurs qui vous invoquent.

Sancta Solangia, lætitia Angelorum, ora.

Sainte Solange, la joie des saints Anges, priez.

Sancta Solangia consors Martyrum, ora.

Sainte Solange, compagne des Martyrs, priez.

Sancta Solangia, æmula Virginum, ora.

Sainte Solange, fidele imitatrice des Vierges, priez.

Sancta Solangia, præsidium nostrum, ora.

Sainte Solange, qui êtes notre appui, priez pour nous.

Sancta Solangia, protectrix et alumna nostra, ora pro nobis.

Sainte Solange qui nous avez donné des marques de votre protection dans les calamités publiques, priez.

Sancta Solangia, honorificentia populi nostri, ora pro nobis.

Sainte Solange l'honneur de notre Province, priez pour nous.

Sancta Solangia, gloria biturigum, ora.

Sainte Solange, la gloire du peuple de Bourges, priez.

Sancta Solangia, patrona omnium Bituricensium.

Sainte Solange, Patronne du Berry, priez pour nous.

Sancta Solangia, tutela Confratrorum et confororum, ora pro nobis.

Sainte Solange, Protectrice des Confrères qui vous sont dévoués, priez pour nous.

Agnus Dei, qui tollis peccata mundi, miserere nobis. Trois fois

Agneau de Dieu, qui effacez les péchés du monde, ayez pitié de nous *Tois fois.*

℣. *Benedictus Deus meus.*

℣. Beni soit à jamais le Seigneur.

℟. *Qui præcinxit virtute.*

℟. Qui ma revêtue de tant de force, et ma fait de si riches dons.

OREMUS.

Effunde quæsumus, Domine, Beatâ Solangia intercedente, Benedictionem tuam super nos et super omnes fructus terrae, ut hi collecti ad laudem et gloriam nominis tui misericorditer dispensenture. Per Dominum nostrum, etc. Amen.

Répandez, Seigneur, par l'intercession de Sainte Solange, vos Bénédictions sur nous et sur les Biens de la terre, afin qu'étant ramassés et receuillis pour la gloire de votre S. Nom, qu'ils soient miséricordieusement répandus sur tous les fidéles. Par notre S. Jésus-Christ.

Ainsi soit-il.

AVIS.

On avertit qu'en 1751 il a été érigé dans l'église de Sainte Solange, à trois lieues de Bourges, une Confrèrie de ladite Sainte. 1.° Tous les ans il y a Service le landemain de l'Octave de la Pentecôte pour tous les Confrères défunts. 2.° Un Service pour chaque Confrère mort, qui consiste en grande Messe, Matines et Laudes. 3.° Exposition du

Saint Sacrement avec Bénédiction le matin et le soir, le jour de l'Assomption de la Sainte Vierge en faveur des Confrères, à qui on distribue des cierges. Dans cette cérémonie, on avertira de la mort des Confrères, par un billet de M. leur Curé.

FIN.

www.ingramcontent.com/pod-product-compliance
Lightning Source LLC
LaVergne TN
LVHW050517160826
845677LV00003B/1186